Yf   100g

VERS
POVR LE BALLET
DV ROY.

REPRESENTANT LES
BACCHANALES.

DANSE' PAR SA MAIESTE'
au mois de Feurier 1623.

Par le Sieur BORDIER, ayant charge de la Poësie
pres sa Majesté.

A PARIS,
Par IEAN SARA, ruë Sainct Iean de Beauuais,
deuant les Escholles de Decret.

———————

M. DC. XXIII.

VERS

POVR LE BALLET DV ROY,
REPRESENTANT LES BACCHANALES.

Premier Recit de Bacchus le Defbauché,
reprefenté par le Sieur Marais.

VIVE la Paix & fes delices,
Ie ne cherche point les combats
Qu'auec les flaccons & faucices
Où mon cœur prend tous fes efbats.
Ma gloire
C'eft de boire.
Lors que ie dors le mieux
Le bon vin me réueille,
Et n'ay point d'yeux
Que pour voir la bouteille.

Ie n'efpargne point force efcus,
Pour faire baifer à des couppes
Ces damoifelles de Bacchus
Que lon coiffe auec des eftouppes.
Ma gloire
C'eft de boire.

A ij

Lors que ie dors le mieux
Le bon vin me réueille,
Et n'ay point d'yeux
Que pour voir la bouteille.

Admirez ma bonne fortune,
Les Nymphes dont ie fay le choix
Sont celles qui font fur la brune
Leur bufc d'vne efcuelle de bois.
Ma gloire
C'eft de boire.
Lors que ie dors le mieux
Le bon vin me réueille,
Et n'ay point d'yeux
Que pour voir la bouteille.

Second Recit de Bacchus le defbauché,
accommodé à l'air qui eftoit faict.

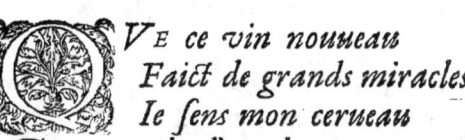 *VE ce vin nouueau*
Faict de grands miracles,
Ie fens mon cerueau
Tout remply d'oracles,
Que i'ay de pouuoir,
Ie fuis en fortune,
Le vin me faict voir
Deux chofes pour vne.

Ie sens vn tison
Caché sous ma robbe,
Ie perds la raison :
Qui me la desrobbe?
Remettons au jeu,
Chargeons la nacelle,
Pour boire trop peu
Le corps me chancelle.

VERS POVR LE ROY
ET LES PRINCES ET SEIGNEVRS
qui ont dansé auec sa Majesté, selon
l'ordre qui ensuit.

POVR LE ROY, REPRESENTANT
vn Tireur de laine.

RETOVRNONS au mestier, c'est trop repris haleine,
Et pourtant, Compagnon, asseure le Bourgeois:
S'il arriue iamais que ie tire la laine,
Ce sera seulement sur l'espaule des Roys.

Courons sans perdre temps l'vn & l'autre hemisfere,
Et lors face le Ciel resusciter Iason,
Quelque vaillant qu'il soit, il aura fort à faire,
S'il peut de mes assauts deffendre la Toison.

Ces Rodomonts de nuict de Calix & de Douure
Donnent aux foibles gens ou le mal ou l'effroy:

Mais de quelque support qu'vn grand Orgueil se couure,
Pour le demanteler il faut parler à moy.

POVR MONSIEVR LE COMTE DE
SOISSONS, representant vn Tireur de laine.

L'ESPOIR *d'vn infame butin,*
  Où me veut porter le Destin,
  N'est point l'aise qui me chatoüille :
Mon cœur de gloire reuestu
Ne butte à rien qu'à la despoüille
Des ennemis de la Vertu.

POVR MONSIEVR LE PRINCE DE
LORRAINE, representant vn Coureur
de nuict.

AVX DAMES.

PAR *vous, beaux Astres de la Cour,*
  L'Hyuer est la saison nouuelle.
Dieux! quels charmes n'a point le iour
En France où la nuict est si belle?

POVR MONSIEVR LE GRAND
PRIEVR, representant vn Coureur de nuict.

LORS *que ma passion me guide*
  Ie vay la nuict plus que le iour,
Mais tousiours le secret preside
Dans les effets de mon Amour.

POVR MONSIEVR FRERE DV ROY,
repreſentant vn Donneur de Serenades.

AVX REYNES.

MA gloire, ô Celeſtes Beautez,
C'eſt que la nuiƈt à mes coſtez
J'ay la Deeſſe Harmonie,
Dont la douce tyrannie
Faiƈt que ie tire vn Soleil
D'entre les bras du Sommeil.

POVR MONSIEVR LE DVC DE
LONGVEVILLE, repreſentant vn Donneur
de Serenades.

PHYLLIS, c'eſt temps perdu, l'Amour qui me conduiƈt
Ne te faiƈt pas ouïr vne Lyre importune:
Mais dans l'obſcurité des ombres de la nuiƈt
Trouueray-ie le iour de ma bonne fortune?

POVR MONSIEVR LE DVC D'ELBEVF,
repreſentant vn Donneur de Serenades.

QVE me ſert, ô Cloris, que les ſons de ma Lyre
Réueillent tes beaux yeux qu'Amour me rend ſi chers,
Puis que ton cœur ſe rit au fort de mon martyre
De voir qu'au lieu de luy i'attire des rochers?

POVR MONSIEVR LE DVC DE
CHEVREVSE, repreſentant vn Amoureux.

MORTELS, à qui l'Amour faict ſentir ſes eſpines,
   Auec eſtonnement iettez ſur moy les yeux :
Toute la terre ſçait que les Beautez diuines
Ont pour l'amour de moy ſouuent quitté les Cieux.

POVR MONSIEVR LE DVC DE
LVXEMBOVRG, repreſentant vn Amoureux.

S'IL ſe faiſoit, Caliſte, vn Roy des Amoureux,
   On me verroit le front paré d'vn diadeſme :
Bien que ta cruauté me rende malheureux
I'ay pourtant plus d'Amour que n'en a l'Amour meſme.

POVR MONSIEVR LE MARESCHAL
DE CREQVY, repreſentant vn Amoureux.

BEAVTE' qui me fay ſouſpirer,
Peux-tu plus long temps differer
   De mettre fin à mes deſaſtres ?
   Parmy les Amans glorieux
   Ie ſuis ce que parmy les Aſtres
   Le Soleil eſt dedans les Cieux.

POVR

POVR MONSIEVR LE MARESCHAL
DE BASSOMPIERRE representant vn
Amoureux.

QVELQVES assauts que le Sort
Me liure iusqu'à la mort,
I'en obtiendray la victoire:
Le plus rigoureux tourment
Ne me peut oster la gloire
D'aymer eternellement.

POVR MONSIEVR LE MARQVIS DE
COVRTANVAVLT, representant vn Amoureux.

AMOVREVX que ie suis, apres tant de langueur
Le Sort me promet bien vne plus douce vie:
Mais que puis-je esperer? vn Monstre de rigueur
Garde ce cher tresor dans le sein de Siluie.

POVR MONSIEVR LE DVC DE
MONTMORANCY, representant vn Faiseur
de Mascarades.

APRES auoir quitté le casque
La paix me faict prendre le masque
Que l'Amour m'a faict rechercher.
Cloris, ne m'en donne aucun blasme:
Ce voile ne peut t'empescher
De voir les secrets de mon ame.

B

POVR MONSIEVR DE BLEINVILLE,
représentant vn Faiseur de Mascarades.

ON Sort, desguisé que ie suis,
Peint la ioye où sont mes ennuis,
Mon œil rit lors que mon cœur pleure,
O cruauté! puis qu'à toute heure
Pour les mysteres de l'Amour
Il se faut masquer à la Cour.

POVR MONSIEVR DE CHALEZ,
représentant vn Faiseur de Mascarades.

SI la souplesse des postures
Mettoit les Sceptres dans la main,
I'esgalerois mes aduantures
Au Sort de l'Empire Romain.

POVR MONSIEVR DE LIANCOVRT,
représentant vn Faiseur de Mascarades.

NE blasmez point, Esprits volages,
L'exercice où ie me suis mis,
Bien que ie porte deux visages
Ie n'en ay qu'vn pour mes amis.

POVR MONSIEVR DE LA VALETTE,
repreſentant vn Cauallier deſbauché.

*D*ANS *la pompe ſont mes plaiſirs,*
La danſe anime mes deſirs,
Le Demon du Ieu me conſerue:
Il a pouuoir de m'enflamer,
Mais vn Soleil tient en reſerue
Le feu qui me doit conſumer.

POVR MONSIEVR DE LA ROCHEGVYON,
repreſentant vn Bourgeois deſbauché.

*I*E *n'ay rien dont Amour & Bacchus ne diſpoſe,*
Le jeu faict que ma bourſe a le cul renuerſẽ:
Y chercher vn treſor c'eſt vne meſme choſe
Que de chercher de l'eau dans vn pannier perſé.

Vers des Sacrificateurs de Bacchus.

*Q*VITTEZ *cette place ſacrée*
Où la Vertu ſe recrée.
Loin prophanes, loin d'icy,
Le Ciel le veut ainſi.

La flame de nos ſacrifices
Ne luit point où ſont les Vices.
Loin, prophanes, loin d'icy,
Le Ciel le veut ainſi.

Vers chantez par les Esclaües de Bacchus triomphant.

Vel Sort, Merueilles de la terre,
Nous conduit en ce beau sejour
Captifs par fortune de guerre
Pour nous rendre esclaues d'Amour?

Refrein de Bacchus, qui sert pour tous les coupplets.

Loin ces lances & ces escus
Acquis par ma dextre aguerrie,
Icy les vainqueurs sont vaincus
Par les yeux d'ANNE & de MARIE.

LES ESCLAVES.

En la perte de la victoire
La douleur nous a transportez:
Mais nostre honte est nostre gloire
Puis que LOVIS nous a domptez.

Que la Terre ne s'en trauaille,
Que le Ciel n'en soit point jaloux:
Les Dieux, s'il leur donnoit bataille,
Seroient prisonniers comme nous.

Il a captiué la Fortune
Malgré la rage des Enfers,

Et mefmes l'orgueil de Neptune
Reçoit fes chaifnes & fes fers.

Ce Mars nous a donné la vie
En nous oftant la liberté,
Qui toutesfois nous eft rauie
Par la Deeffe de Beauté.

Vers chantez par Bacchus, eftant en la
prefence des Reynes.

G RANDES *Reynes, dont la victoire*
N'a furmonté que des Cezars,
Ce char de triomphe & de gloire
Prend fon luftre de vos regars.

Refrein des Efclaues, qui fert pour tous
les coupplets.

O VE *les Cieux nous font fauorables,*
Puis qu'ils nous ont offerts
Ces objets adorables
Pour adoucir nos fers.

B A C C H V S.

A VSSI *ie viens chargé de palmes*
Porter l'hommage à vos beaux yeux,
Qui rendent toutes chofes calmes
Horfmis le cœur des plus grands Dieux.

Vous allez voir vn Prince Augufte,
Qui mille trauaux deuorant
En Paix fe faict voir aufsi Iufte,
Qu'il eft en guerre Conquerant.

0